भारत दुर्दशा

भारतेंदु हरिश्चन्द्र

प्रभाकर प्रकाशन

ISBN: 978-93-56821-27-9
eISBN: 978-93-56821-28-6

प्रकाशक: प्रभाकर प्रकाशन
प्लॉट नं.-55, मेन मदर डेयरी रोड
पांडव नगर, ईस्ट दिल्ली-110092
फोन: 011-40395855
व्हाट्स ऐप: +91 8368220032
ई-मेल: sales@pharosbooks.in
वेबसाइट: www.prabhakarprakashan.com

प्रथम संस्करण: 2022

मुद्रक: सुषमा बुक बाइंडिंग हाउस ओखला इंडस्ट्रियल
एरिया फेस-II, नई दिल्ली-110020

भारत दुर्दशा
भारतेंदु हरिश्चन्द्र

भूमिका

भारतेंदु हरिश्चंद्र, जो हिंदी साहित्य के आधुनिक काल के जन्मदाता के रूप में जाने जाते हैं, का जन्म 9 सितम्बर, 1850 और मृत्यु 6 जनवरी, 1885 को हुयी थी। इनका मूल नाम 'हरिश्चंद्र' था, 'भारतेंदु' की उपाधि इन्हें 'राजा शिवप्रसाद सितारे 'हिंद' ने दी थी। 'सार सुधानिधि' पत्रिका में 'भारतेंदु' नामक उपाधि प्रदान करने का प्रस्ताव किया गया था। इन्होंने हिंदी साहित्य की भूमि को और अधिक उत्कृष्ट बनाया और रीतिकाल से चली आ रही परम्परा को छोड़, एक स्वस्थ परम्परा की भूमि तैयार की और नवीनता के बीज बोये। भारतीय नवजागरण के अग्रदूत के रूप में प्रसिद्ध भारतेंदु जी ने देश की गरीबी, पराधीनता, शासकों के अमानवीय शोषण के चित्रण को ही अपने साहित्य का लक्ष्य बनाया। हिंदी को राष्ट्र भाषा के रूप में प्रतिष्ठित करने के लिए इन्होंने अनेक प्रयास किये जो हमेशा सराहनीय रहे हैं।

भारतेंदु, जोकि बहुमुखी प्रतिभा के धनी थे। इनका पत्रकारिता, नाटक और काव्य के क्षेत्र में विशेष योगदान रहा है। ऐसा कहा जा सकता है कि भारतेंदु ने 'काव्य की भाषा और गद्य की भाषा खड़ीबोली हो', इसका बखूबी समर्थन किया और इस क्षेत्र में प्रशंसनीय कार्य किया। हिंदी में नाटकों का प्रारंभ भारतेंदु से ही माना जा सकता है। भारतेंदु से पहले भी नाटक लिखे जाते रहे हैं, लेकिन हिंदी में खड़ीबोली में अनेक नाटक लिखकर इन्होंने ही नाटक परम्परा की नई नींव डाली और इस विधा को सुदृढ़ रूप दिया। भारतेंदु की नाटक लिखने की शुरुआत बांग्ला के 'विद्यासुंदर' नाटक के अनुवाद से होती है। वे एक उत्कृष्ट कवि, सशक्त व्यंग्यकार, सफल नाटककार, जागरूक पत्रकार तथा ओजस्वी गद्यकार थे। इसके अलावा वे लेखक, कवि, सम्पादक,

निबन्धकार एवं कुशल वक्ता भी थे। भारतेंदु जी ने मात्र चौंतीस वर्ष की अल्पायु में ही विशाल साहित्य की रचना की। उन्होंने मात्रा और गुणवत्ता की दृष्टि से इतना लिखा और इतनी दिशाओं में काम किया कि उनका समूचा रचनाकर्म पथदर्शक बन गया।

भारतेंदु के वृहत साहित्यिक योगदान के कारण ही 1857 से 1900 तक के काल को 'भारतेंदु युग' के नाम से जाना जाता है। आचार्य रामचंद्र शुक्ल के अनुसार–

"भारतेंदु अपनी सर्वतोमुखी प्रतिभा के बल से एक ओर तो पद्माकर, द्विजदेव की परम्परा में दिखाई पड़ते थे, तो दूसरी ओर बंग देश के. माइकल और हेमचन्द्र की श्रेणी में। प्राचीन और नवीन का सुन्दर सामंजस्य भारतेंदु की कला का विशेष माधुर्य है।"

आधुनिक हिंदी साहित्य के जनक के रूप में प्रतिष्ठित 'भारतेंदु' ने 'कविवचन सुधा' (1868), 'हरिश्चंद्र चन्द्रिका', जो बाद में बदलकर 'हरिश्चंद्र मैगजीन' कर दी गई (1873) और बालाबोधिनी (1874) नामक पत्रिकाएँ निकालीं।

मौलिक नाटक

- वैदिक हिंसा हिंसा न भवति (1873, प्रहसन)
- भारतेंदु हरिश्चंद्र (1875, नाटक)
- श्री चंद्रावली (1876, नाटिका)
- विषस्य विषमौषधम् (1876, भाण)
- भारत दुर्दशा (1880, ब्रजरत्नदास के अनुसार 1876, नाट्य रासक)
- नीलदेवी (1881, ऐतिहासिक गीति रूपक)
- अंधेर नगरी (1881, प्रहसन)
- प्रेमजोगिनी (1875, प्रथम अंक में चार गर्भांक, नाटिका)
- सती प्रताप (1883, अपूर्ण, केवल चार दृश्य, गीतिरूपक, बाबू राधाकृष्णदास ने पूर्ण किया)

अनूदित नाट्य रचनाएँ

- विद्यासुन्दर (1868, नाटक, संस्कृत 'चौरपंचाशिका' के यतीन्द्रमोहन ठाकुर कृत बंग्ला संस्करण का हिंदी अनुवाद)
- पाखण्ड विडम्बन (कृष्ण मिश्र कृत 'प्रबोधचंद्रोदय' नाटक के तृतीय अंक का अनुवाद)
- धनंजय विजय (1873, व्यायोग, कांचन कवि कृत संस्कृत नाटक का अनुवाद)
- कर्पूर मंजरी (1874, सट्टक, राजशेखर कवि कृत प्राकृत नाटक का अनुवाद)
- भारत जननी (1877, नाट्यगीत, बंग्ला की 'भारतमाता' के हिंदी अनुवाद पर आधारित)
- मुद्राराक्षस (1878, विशाखदत्त के संस्कृत नाटक का अनुवाद)
- दुर्लभ बंधु (1880, शेक्सपियर के 'मर्चेंट ऑफ वेनिस' का अनुवाद)

भारतेंदु हरिश्चंद्र, अपने नाटकों के लिए बखूबी जाने जाते हैं। इतना ही नहीं, इनके अनेक नाटकों का मंचन भी हुआ है, जिसमें खुद 'भारतेंदु' ने भी अनेक तरह की भूमिका निभाई है। इन्होंने अपने नाटक 'भारतेंदु हरिश्चंद्र' में हरिश्चंद्र की भूमिका निभाई, 'जानकी मंगल' में लक्ष्मण का अभिनय किया और 'अंधेर नगरी' में पागल की भूमिका निभाई थी।

भारतदुर्दशा, भारतेंदु द्वारा 1880 में लिखा गया था। इसमें भारतेंदु ने अलग-अलग प्रतीकों के माध्यम से भारत की स्थिति और उस समय की सोयी जनता पर करारा व्यंग्य किया है। वे भारत की जनता को, भारत के भाग्य के बारे में बताते हुए उन्हें सचेत करते हैं और जागरूक करना चाहते हैं। इस नाटक में कुल 6 अंक हैं। भारतेंदु प्रस्तुत नाटक के माध्यम से बताना चाहते हैं कि ब्रिटिश शासन और आपसी कलह के कारण ही भारत की यह दुर्दशा होती नज़र आ रही है। वे कुरीतियाँ, रोग, आलस्य, मदिरा, अंधकार, धर्म, संतोष, अपव्यय, फैशन, सिफारिश, लोभ, भय, स्वार्थपरता, अतिवृष्टि,

अनावृष्टि, अकाल, बाढ़ आदि को भी भारतदुर्दशा का कारण मानते हैं। लेकिन सबसे बड़ा कारण अंग्रेज़ों की भारत को लूटने की नीति को मानते हैं। अंग्रेज़ हमारे देश में तरक्की कर रहे थे, रेल की पटरियाँ बिछा रहे थे, कारख़ाने बना रहे थे आदि-आदि, लेकिन सबकुछ अपनी सुविधा के लिए, ना कि भारत के विकास के लिए। सारा देश खामोशी से अपने को लुटते हुए देख रहा था, मरते हुए देख रहा था। बिलकुल शान्ति से, तटस्थ भाव से, निरासक्ति से, निष्क्रियता से। इसी की वास्तविकता से भारतेंदु जी ने अपने देश की जनता को अवगत कराया है कि यदि उन्होंने अब भी अंग्रेज़ों की नीति को नहीं समझा तो, वो दिन दूर नहीं जब भारत विनाश के गर्त में जा चुका होगा। इसलिए अंत में, वह भारत भाग्य को उठाते नज़र आये हैं।

जागो जागो रे भाई!

....

कई बार भारत को उठाने का प्रयास कर, निष्फल होकर-

सोई भारत की आज यह भई दुरदसा हाय।
कहा करे कित जाएँ नहिं सूझत कछू उपाय।।

-प्रियांशी गुप्ता

अनुक्रम

॥ मंगलाचरण ॥

जय सतजुग-थापन-करन, नासन म्लेच्छ-अचार।
कठिन धार तरवार कर, कृष्ण कल्कि अवतार॥

पहिला अंक

स्थान–बीथी

(एक योगी गाता है)

(लावनी)

रोअहु सब मिलिकै आवहु भारत भाई।
हा हा! भारतदुर्दशा न देखी जाई।। ध्रुव।।
सबके पहिले जेहि ईश्वर धन बल दीनो।
सबके पहिले जेहि सभ्य विधाता कीनो।।
सबके पहिले जो रूप रंग रस भीनो।
सबके पहिले विद्याफल जिन गहि लीनो।।
अब सबके पीछे सोई परत लखाई।
हा हा! भारतदुर्दशा न देखी जाई।।
जहँ भए शाक्य हरिचंदरु नहुष ययाती।
जहँ राम युधिष्ठिर बासुदेव सर्याती।।
जहँ भीम करन अर्जुन की छटा दिखाती।
तहँ रही मूढ़ता कलह अविद्या राती।।
अब जहँ देखहु दुःखहिं दुःख दिखाई।
हा हा! भारतदुर्दशा न देखी जाई।।
लरि बैदिक जैन डुबाई पुस्तक सारी।
करि कलह बुलाई जवनसैन पुनि भारी।।

तिन नासी बुधि बल विद्या धन बहु बारी।
छाई अब आलस कुमति कलह अँधियारी॥
भए अंध पंगु सब दीन हीन बिलखाई।
हा हा! भारतदुर्दशा न देखी जाई॥
अँगरेज़राज सुख साज सजे सब भारी।
पै धन विदेश चलि जात इहै अति ख्वारी॥
ताहू पै महँगी काल रोग बिस्तारी।
दिन दिन दूने दुःख ईस देत हा हा री॥
सबके ऊपर टिक्कस की आफत आई।
हा हा! भारतदुर्दशा न देखी जाई॥

(पटोत्तोलन)

❑

दूसरा अंक

स्थान—श्मशान, टूटे-फूटे मन्दिर

कौआ, कुत्ता, स्यार घूमते हुए, अस्थि इधर-उधर पड़ी है।

(भारत[1] का प्रवेश)

1. *'फटे कपड़े पहने, सिर पर अर्ध किरीट, हाथ में टेकने की छड़ी, शिथिल अंग।'*

भारत: हा! यह वही भूमि है, जहाँ साक्षात् भगवान् श्रीकृष्णचन्द्र के दूतत्व करने पर भी वीरोत्तम दुर्योधन ने कहा था, 'सूच्यग्रं, नैव दास्यामि विना युद्धेन केशव' और आज हम उसी भूमि को देखते हैं कि श्मशान हो रही है। अरे यहाँ की योग्यता, विद्या, सभ्यता, उद्योग, उदारता, धन, बल, मान, दृढ़चित्तता, सत्य सब कहाँ गए? अरे पामर जयचन्द! तेरे उत्पन्न हुए बिना मेरा क्या डूबा जाता था? हाय! अब मुझे कोई शरण देने वाला नहीं। (रोता है) मातः, राजराजेश्वरी, विजयिनी! मुझे बचाओ। अपनाए की लाज रखो। अरे दैव ने सबकुछ मेरा नाश कर दिया पर अभी संतुष्ट नहीं हुआ। हाय! मैंने जाना था कि अँगरेज़ों के हाथ में आकर हम अपने दुखी मन को पुस्तकों से बहलावेंगे और सुख मानकर जन्म बितावेंगे पर दैव से वह भी न सहा गया। हाय! कोई बचाने वाला नहीं।

(गीत)

कोऊ नहिं पकरत मेरो हाथ।
बीस कोटि सुत होत फिरत मैं हा हा होय अनाथ॥
जाकी सरन गहत सोइ मारत सुनत न कोउ दुखगाथ।
दीन बन्यौ इत सों उत डोलत टकरावत निज माथ॥
दिन दिन बिपति बढ़त सुख छीजत देत कोऊ नहिं साथ।
सब विधि दुख सागर मैं डूबत धाइ उबारौ नाथ॥

(नेपथ्य में गम्भीर और कठोर स्वर से)

अब भी तुझको अपने नाथ का भरोसा है! खड़ा तो रह। अभी मैंने तेरी आशा की जड़ न खोद डाली तो मेरा नाम नहीं।

भारतः (डरता और काँपता हुआ रोकर) अरे, यह विकराल वेदन कौन मुँह बाए मेरी ओर दौड़ता चला आता है? हाय-हाय इससे कैसे बचेंगे? अरे, यह तो मेरा एक ही कौर कर जाएगा! हाय! परमेश्वर बैकुंठ में और राजराजेश्वरी सात समुद्र पार, अब मेरी कौन दशा होगी? हाय, अब मेरे प्राण कौन बचाएगा? अब कोई उपाय नहीं। अब मरा अब मरा। (मूर्छा खाकर गिरता है।)

(निर्लज्जता[1] आती है)

निर्लज्जताः मेरे आछत तुमको अपने प्राण की फिक्र। छिः छिः! जीओगे तो भीख माँग खाओगे। प्राण देना तो कायरों का काम है। क्या हुआ जो धन-मान सब गया 'एक जिंदगी हज़ार नेआमत है।' (देखकर) अरे, सचमुच बेहोश हो गया तो उठा ले चलें। नहीं, नहीं मुझसे अकेले न उठेगा। (नेपथ्य की ओर) आशा! आशा! जल्दी आओ।

(आशा[2] आती है)

निर्लज्जताः यह देखो भारत मरता है, जल्दी इसे घर उठा ले चलो।

आशाः मेरे आछत किसी ने भी प्राण दिया है? ले चलो; अभी जिलाती हूँ।

(दोनों उठाकर भारत को ले जाती हैं)

❑

---

1. जाँघिया, सिर खुला, ऊँची चोली-दुपट्टा ऐसा गिरता-पड़ता कि अंग खुले, सिर खुला, खानगियों का-सा वेष।

2. लड़की के वेष में।

तीसरा अंक

स्थान–मैदान

(फौज के डेरे दिखाई पड़ते हैं। भारतदुर्दैव[1] आता है।)

भारतदुर्दैव: कहाँ गया भारत मूर्ख! जिसको अब भी परमेश्वर और राजराजेश्वरी का भरोसा है? देखो तो, अभी इसकी क्या-क्या दुर्दशा होती है!

(नाचता और गाता हुआ)

अरे!
उपजा ईश्वर कोप से, औ आया भारत बीच।
छार खार सब हिंद करूँ मैं, तो उत्तम नहिं नीच।।
मुझे तुम सहज न जानो जी, मुझे इक राक्षस मानो जी।
कौड़ी कौड़ी को करूँ, मैं सबको मुहताज।।
भूखे प्रान निकालूँ इनका, तो मैं सच्चा राज। मुझे.
काल भी लाऊँ महँगी लाऊँ, और बुलाऊँ रोग।।
पानी उलटाकर बरसाऊँ, छाऊँ जग में सोग। मुझे.
फूट बैर औ कलह बुलाऊँ, ल्याऊँ सुस्ती जोर।।
घर घर में आलस फैलाऊँ, छाऊँ दुख घनघोर। मुझे.
काफर काला नीच पुकारूँ, तोड़ूँ पैर औ हाथ।।
दूँ इनको संतोष खुशामद, कायरता भी साथ। मुझे.

---

1. *क्रूर, आधा क्रिस्तानी, आधा मुसलमानी वेष, हाथ में नंगी तलवार लिए।*

मरी बुलाऊँ देस उजाड़ूँ, महँगा करके अन्न॥
सबके ऊपर टिकस लगाऊँ, धन है मुझको छन्न।
मुझे तुम सहज न जानो जी, मुझे इक राक्षस मानो जी॥

(नाचता है)

अब भारत कहाँ जाता है, ले लिया है। एक तस्सा बाकी है, अबकी हाथ में वह भी साफ है। भला हमारे बिना और ऐसा कौन कर सकता है कि अँगरेज़ी अमलदारी में भी हिंदू न सुधरें! लिया भी तो अँगरेज़ों से औगुन! हा हा हा! कुछ पढ़े-लिखे मिलकर देश सुधारना चाहते हैं? हहा हहा! एक चने से भाड़ फोड़ेंगे। ऐसे लोगों का दमन करने को, मैं जिले के हकिमों को न हुक्म दूँगा कि इनको डिसलॉयल्टी में पकड़ो और ऐसे लोगों को हर तरह से खारिज करके जितना जो बड़ा मेरा मित्र हो उसको उतना बड़ा मेडल और खिताब दो। हें! हमारी पॉलिसी के विरुद्ध उद्योग करते हैं, मूर्ख! यह क्यों? मैं अपनी फौज ही भेज के न सब चौपट करता हूँ। (नेपथ्य की ओर देखकर) अरे कोई है? सत्यानाश फौजदार को तो भेजो।

(नेपथ्य में से 'जो आज्ञा' का शब्द सुनाई पड़ता है)

देखो मैं क्या करता हूँ। किधर किधर भागेंगे।

(सत्यानाश फौजदार आता है)

(नाचता हुआ)

सत्या. फौ.: **हमारा नाम है सत्यानाश। आए हैं राजा के हम पास।**
धरके हम लाखों ही भेस। किया चौपट यह सारा देस।
बहुत हमने फैलाए धर्म। बढ़ाया छुआछूत का कर्म।
होके जयचन्द हमने इक बार। खोल ही दिया हिन्द का द्वार।
हलाकू चंगेजो तैमूर। हमारे अदना अदना सूर।
दुरानी अहमद नादिरसाह। फौज के मेरे तुच्छ सिपाह।

हैं हममें तीनों कल बल छल। इसी से कुछ नहिं सकती चल।
पिलावैंगे हम खूब शराब। करैंगे सबको आज खराब।

भारतदुर्दैव: अहा, सत्यानाश जी आए! आओ, देखो अभी फौज को हुक्म दो कि सब लोग मिल के चारों ओर से हिंदुस्तान को घेर लें। जो पहले से घेरे हैं, उनके सिवा औरों को भी आज्ञा दो कि बढ़ चलें।

सत्या. फौ.: महाराज 'इंद्रजीत सन जो कछु भाखा। सो सब जनु पहिलहिं करि राखा।' जिनको आज्ञा हो चुकी है वे तो अपना काम कर ही चुके और जिसको जो हुक्म हो, कर दिया जाय।

भारतदुर्दैव: किसने-किसने क्या-क्या किया है?

सत्या. फौ.: महाराज! धर्म ने सबके पहले सेवा की।

रचि बहु विधि के वाक्य पुरानन माँहि घुसाए।
शैव शाक्त वैष्णव अनेक मत प्रगटि चलाए॥
जाति अनेकन करी नीच अरु ऊँच बनायो।
खान पान संबंध सबन सों बरजि छुड़ायो॥
जन्मपत्र विधि मिले ब्याह नहिं होन देत अब।
बालकपन में ब्याहि प्रीतिबल नास कियो सब॥
करि कुलीन के बहुत ब्याह बल बीरज मार्यो॥
बिधवा ब्याह निषेध कियो बिभिचार प्रचारयो॥
रोकि विलायतगमन कूपमंडूक बनायो।
औरन को संसर्ग छुड़ाइ प्रचार घटायो॥
बहु देवी देवता भूत प्रेतादि पुजाई।
ईश्वर सो सब विमुख किए हिंदू घबराई॥

भारतदुर्दैव: आहा! हाहा! शाबाश! शाबाश! हाँ और भी कुछ धर्म ने किया?

सत्या. फौ.: हाँ महाराज।

अपरस सोल्हा छूत रचि, भोजन प्रीति छुड़ाय।
किए तीन तेरह सबै, चौका चौका छाय॥

भारतदुर्दैव: और भी कुछ?

सत्या. फौ.: हाँ।

रचिकै मत वेदांत को, सबको ब्रह्म बनाय।
हिंदुन पुरुषोत्तम कियो, तोरि हाथ अरु पाय॥

महाराज! वेदांत ने बड़ा ही उपकार किया। सब हिंदू ब्रह्म हो गए। किसी की इतिकर्तव्यता बाकी ही न रही। ज्ञानी बनकर ईश्वर से विमुख हुए, रुक्ष हुए, अभिमानी हुए और इसी से स्नेहशून्य हो गए। जब स्नेह ही नहीं तब देशोद्धार का प्रयत्न कहाँ! बस जय शंकर की।

भारतदुर्दैव: अच्छा, और किसने-किसने क्या किया?

सत्या. फौ.: महाराज! फिर संतोष ने भी बड़ा काम किया। राजा प्रजा सबको अपना चेला बना लिया। अब हिंदुओं को खाने मात्र से काम, देश से कुछ काम नहीं। राज न रहा, पेनसन ही सही। रोज़गार न रहा, सूद ही सही। यह भी नहीं, तो घर ही का सही, 'संतोषं परमं सुखं' रोटी ही को सराह-सराह के खाते हैं। उद्यम की ओर देखते ही नहीं। निरुद्यमता ने भी संतोष को बड़ी सहायता दी। इन दोनों को बहादुरी का मेडल जरूर मिले। व्यापार को इन्हीं ने मार गिराया।

भारतदुर्दैव: और किसने क्या किया?

सत्या. फौ.: फिर महाराज, जो धन की सेना बची थी उसको जीतने को भी मैंने बड़े बाँकें वीर भेजे। अपव्यय, अदालत, फैशन और सिफारिश—इन चारों ने सारी दुश्मन की फौज तितिर-बितिर कर दी। अपव्यय ने खूब लूट मचाई। अदालत ने भी अच्छे

हाथ साफ किए। फैशन ने तो बिल और टोटल के इतने गोले मारे कि बंटाधार कर दिया और सिफारिश ने भी खूब ही छकाया। पूरब से पच्छिम और पच्छिम से पूरब तक पीछा करके खूब भगाया। तोहफे, घूस और चंदे के ऐसे बम के गोले चलाए कि 'बम बोल गई बाबा की चारों दिसा' धूम निकल पड़ी। मोटा भाई बना-बनाकर मूँड़ लिया। एक तो खुद ही यह सब पँड़िया के ताऊ, उस पर चुटकी बजी, खुशामद हुई, डर दिखाया गया, बराबरी का झगड़ा उठा, धाँय धाँय गिनी गई[1], वर्णमाला कंठ कराई[2], बस हाथी के खाए कैथ हो गए। धन की सेना ऐसी भागी कि कब्रों में भी न बची, समुद्र के पार ही शरण मिली।

भारतदुर्दैव: और भला कुछ लोग छिपाकर भी दुश्मनों की ओर भेजे थे?

सत्या. फौ.: हाँ, सुनिए। फूट, डाह, लोभ, भय, उपेक्षा, स्वार्थपरता, पक्षपात, हठ, शोक, अश्रुमार्जन और निर्बलता इन एक दरजन दूती और दूतों को शत्रुओं की फौज में हिला-मिलाकर ऐसा पंचामृत बनाया कि सारे शत्रु बिना मारे घण्टा पर के गरुड़ हो गए। फिर अंत में भिन्नता गई। इसने ऐसा सबको काई की तरह फाड़ा कि भाषा, धर्म, चाल, व्यवहार, खाना-पीना सब एक-एक योजन पर अलग-अलग कर दिया। अब आवें बचा ऐक्य! देखें आ ही के क्या करते हैं!

भारतदुर्दैव: भला भारत का शस्य नामक फौजदार अभी जीता है कि मर गया? उसकी पलटन कैसी है?

सत्या. फौ.: महाराज! उसका बल तो आपकी अतिवृष्टि और अनावृष्टि नामक फौजों ने बिलकुल तोड़ दिया। लाही, कीड़े, टिड्डी और

---

1. सलामी मिली।

2. पी. आई. ई. आदि उपाधियाँ मिलीं।

पाला इत्यादि सिपाहियों ने खूब ही सहायता की। बीच में नील ने भी नील बनकर अच्छा लंकादहन किया।

भारतदुर्दैव: वाह! वाह! बड़े आनन्द की बात सुनाई। तो अच्छा तुम जाओ। कुछ परवाह नहीं, अब ले लिया है। बाकी साकी अभी सपराए डालता हूँ। अब भारत कहाँ जाता है। तुम होशियार रहना और रोग, महर्घ, कर, मद्य, आलस और अंधकार को ज़रा क्रम से मेरे पास भेज दो।

सत्या. फौ.: जो आज्ञा!

(जाता है)

भारतदुर्दैव: अब उसको कहीं शरण नहीं मिलेगी। धन, बल और विद्या तीनों गईं। अब किसके बल कूदेगा?

(जवनिका गिरती है)

पटोत्तोलन

❑

चौथा अंक

(कमरा अँगरेज़ी सजा हुआ, मेज, कुरसी लगी हुई।

कुरसी पर भारतदुर्दैव बैठा है)

(रोग का प्रवेश)

रोगः (गाता हुआ) **जगत् सब मानत मेरी आन।**
मेरी ही टट्टी रचि खेलत नित सिकार भगवान।
मृत्यु कलंक मिटावत मैं ही मौसम और न आन।।
परम पिता हमहीं वैद्यन के अत्तारन के प्रान।।

मेरा प्रभाव जगत् विदित है। कुपथ्य का मित्र और पथ्य का शत्रु मैं ही हूँ। त्रैलोक्य में ऐसा कौन है, जिस पर मेरा प्रभुत्व नहीं। नज़र, श्राप, भूत, प्रेत, टोना, टनमन, देवी, देवता सब मेरे ही नामांतर हैं। मेरी ही बदौलत ओझा, दरसनिए, सयाने, पण्डित, सिद्ध लोगों को ठगते हैं। (आतंक से) भला मेरे प्रबल-प्रताप को ऐसा कौन है, जो निवारण करे। हह! चुंगी की कमेटी सफाई करके मेरा निवारण करना चाहती है, यह नहीं जानती कि जितनी सड़क चौड़ी होगी उतने ही हम भी 'जस जस सुरसा बदन बढ़ावा। तासु दुगुन कपि रूप दिखावा'। (भारतदुर्दैव को देखकर) महाराज! क्या आज्ञा है?

भारतदुर्दैवः आज्ञा क्या है, भारत को चारों ओर से घेर लो।

रोग: महाराज! भारत तो अब मेरे प्रवेशमात्र से मर जाएगा। घेरने का कौन काम है? धन्वंतरि और काशिराज दिवोदास का अब समय नहीं है। और न सुश्रुत, वाग्भट्ट, चरक ही हैं। बैदगी अब केवल जीविका के हेतु बची है। काल के बल से औषधों के गुणों और लोगों की प्रकृति में भी भेद पड़ गया। बस अब हमें कौन जीतेगा और फिर हम ऐसी सेना भेजेंगे जिनका भारतवासियों ने कभी नाम तो सुना ही न होगा; तब भला वे उसका प्रतिकार क्या करेंगे! हम भेजेंगे विस्फोटक, हैजा, डेंगू, अपाप्लेक्सी। भला इनको हिन्दू लोग क्या रोकेंगे? ये किधर से चढ़ाई करते हैं और कैसे लड़ते हैं, जानेंगे तो हई नहीं, फिर छुट्टी हुई वरंच महाराज, इन्हीं से मारे जायेंगे और इन्हीं को देवता करके पूजेंगे, यहाँ तक कि मेरे शत्रु डॉक्टर और विद्वान् इसी विस्फोटक के नाश का उपाय टीका लगाना इत्यादि कहेंगे तो भी ये सब उसको शीतला के डर से न मानेंगे और उपाय आछत अपने हाथ, प्यारे बच्चों की जान लेंगे।

भारतदुर्दैव: तो, अच्छा तुम जाओ। महर्घ और टिकस भी यहाँ आते होंगे सो उनको साथ लिए जाओ। अतिवृष्टि, अनावृष्टि की सेना भी वहाँ जा चुकी है। अनैक्य और अंधकार की सहायता से तुम्हें कोई भी रोक न सकेगा। यह लो पान का बीड़ा लो। (बीड़ा देता है) (रोग बीड़ा लेकर प्रणाम करके जाता है)

भारतदुर्दैव: बस, अब कुछ चिन्ता नहीं, चारों ओर से तो मेरी सेना ने उसको घेर लिया, अब कहाँ बच सकता है।

(आलस्य का प्रवेश[1])

आलस्य: हहा! एक पोस्ती ने कहा, पोस्ती ने पी पोस्त नौ दिन चले अढ़ाई कोस। दूसरे ने जबाव दिया, अबे वह पोस्ती न होगा डाक का हरकारा होगा। पोस्ती ने जब पोस्त पी तो या कूंड़ी के

---

1. मोटा आदमी जँभाई लेता हुआ धीरे-धीरे आएगा।

उस पार या इस पार ठीक है। एक बारी में हमारे दो चेले लेटे थे और उसी राह से एक सवार जाता था। पहिले ने पुकारा, "भाई सवार, सवार यह पक्का आम टपक कर मेरी छाती पर पड़ा है, ज़रा मेरे मुँह में तो डाल।" सवार ने कहा, "अजी तुम बड़े आलसी हो। तुम्हारी छाती पर आम पड़ा है सिर्फ हाथ से उठा कर मुँह में डालने में यह आलस है!" दूसरा बोला, "ठीक है साहब, यह बड़ा ही आलसी है। रात भर कुत्ता मेरा मुँह चाटता रहा और यह पास ही पड़ा था, पर इसने न हाँका।" सच है किस जिंदगी के वास्ते तकलीफ उठाना; मजे में हालमस्त पड़े रहना। सुख केवल हम में है "आलसी पड़े कुएँ में वहीं चैन है।" (गाता है)

(ग़ज़ल)

दुनिया में हाथ पैर हिलाना नहीं अच्छा।
मर जाना पै उठके कहीं जाना नहीं अच्छा।।
बिस्तर पै मिस्ले लोथ पड़े रहना हमेशा।
बंदर की तरह धूम मचाना नहीं अच्छा।।
रहने दो जमीं पर मुझे आराम यहीं है।
छेड़ो न नक्शेपा हैं मिटाना नहीं अच्छा।।
उठ करके घर से कौन चले यार के घर तक।
मौत अच्छी है पर दिल का लगाना नहीं अच्छा।।
धोती भी पहिने जब कि कोई ग़ैर पिन्हा दे।
उमरा को हाथ पैर चलाना नहीं अच्छा।।
सिर भारी चीज है इसे तकलीफ हो तो हो।
पर जीभ बिचारी को सताना नहीं अच्छा।।
फाकों से मरिए पर न कोई काम कीजिए।
दुनिया नहीं अच्छी है जमाना नहीं अच्छा।।

सिजदे से गर बिहिश्त मिले दूर कीजिए।
दोजख ही सही सिर का झुकाना नहीं अच्छा।।
मिल जाय हिंद खाक में हम काहिलों को क्या।
ऐ मीरे फर्श रंज उठाना नहीं अच्छा।।

और क्या। काजी जी दुबले क्यों कहैं शहर के अंदेशे से। अरे "कोउ नृप होउ हमें का हानी, चेरि छाँड़ि नहिं होउब रानी।" आनन्द से जन्म बिताना। "अजगर करै न चाकरी, पंछी करै न काम। दास मलूका कह गए, सबके दाता राम।।" "जो पढ़तव्यं सो मरतव्यं जो न पढ़तव्यं सो भी मरतव्यं, तब फिर दंतकटाकट किं कर्तव्यं?" भई जात में ब्राह्मण, धर्म में वैरागी, रोजगार में सूद और दिल्लगी में गप सब से अच्छी। घर बैठे जन्म बिताना न कहीं जाना और न कहीं आना बस खाना, हगना, मूतना, सोना, बात बनाना, ताना मारना और मस्त रहना। अमीर के सर पर और क्या सुरखाब का पर होता है, जो कोई काम न करे वही अमीर। "तवंगरी बदिलस्त न बमाल।"[1] दोई तो मस्त हैं या मालमस्त या हालमस्त। (भारतदुर्दैव को देखकर उसके पास जाकर प्रणाम करके) महाराज! मैं सुख से सोया था कि आपकी आज्ञा पहुँची, ज्यों त्यों कर यहाँ हाजिर हुआ। अब हुक्म?

भारतदुर्दैव: तुम्हारे और साथी सब हिन्दुस्तान की ओर भेजे गए हैं, तुम भी वहीं जाओ और अपनी जोगनिंद्रा से सब को अपने वश में करो।

आलस्य: बहुत अच्छा। (आप-ही-आप) आह रे बप्पा! अब हिन्दुस्तान में जाना पड़ा। तब चलो धीरे-धीरे चलें। हुक्म न मानेंगे तो लोग कहेंगे "सरबस खाइ भोग करि नाना। समरभूमि भा दुरलभ प्राना।" अरे करने को दैव आप ही करेगा, हमारा कौन काम है, पर चलें।

---

1. *अमीरी हृदय से है, धन से नहीं है।*

(यही सब बड़बड़ाता हुआ जाता है)

(मदिरा[1] आती है)

मदिराः भगवान् सोम की मैं कन्या हूँ। प्रथम वेदों ने मधु नाम से मुझे आदर दिया। फिर देवताओं की प्रिया होने से मैं सुरा कहलाई और मेरे प्रचार के हेतु श्रौत्रामणि यज्ञ की सृष्टि हुई। स्मृति और पुराणों में भी प्रवृत्ति मेरी नित्य कही गई। तन्त्र तो केवल मेरी ही हेतु बने। संसार में चार मत बहुत प्रबल हैं, हिंदू, बौद्ध, मुसलमान और क्रिस्तान। इन चारों में मेरी चार पवित्र प्रेममूर्ति विराजमान हैं। सोमपान, वीराचमन, शराबेतहूरा और बापटैजिंग वाइन। भला कोई कहे तो इनको अशुद्ध? या जो पशु हैं उन्होंने अशुद्ध कहा ही तो क्या, हमारे चाहने वालों के आगे वे लोग बहुत होंगे तो भी सैकड़े दस होंगे, जगत् में तो हम व्याप्त हैं। हमारे चेले लोग सदा यही कहा करते हैं और फिर सरकार के, राज्य के तो हम एकमात्र भूषण हैं।

दूध सुरा दधिहू सुरा, सुरा अन्न धन धाम।
वेद सुरा ईश्वर सुरा, सुरा स्वर्ग को नाम॥
जाति सुरा विद्या सुरा, बिनु मद रहै न कोय।
सुधरी आज़ादी सुरा, जगत् सुरामय होय॥
ब्राह्मण क्षत्री वैश्य अरु, सैयद सेख पठान।
दै बताइ मोहि कौन जो, करत न मदिरा पान॥
पियत भट्ट के ठट्ट अरु, गुजरातिन के वृंद।
गौतम पियत अनन्द सों, पियत अग्र के नंद॥
होटल में मदिरा पिएँ, चोट लगे नहिं लाज।
लोट लए ठाढ़े रहत, होटल दैवे काज॥
कोउ कहत मद नहिं पिएँ, तो कछु लिख्यो न जाय।
कोउ कहत हम मद्य बल, करत वकीली आय॥

---

1. साँवली-सी स्त्री, लाल कपड़ा, सोने का गहना, पैरों में घुँघुरू।

मद्यहि के परभाव सों, रचत अनेकन ग्रंथ।
मद्यहि के परकास सों, लखत धरम को पंथ॥
मद पी विधिजग को करत, पालत हरि करि पान।
मद्यहि पी कै नाश सब, करत शंभु भगवान्॥
विष्णु बारुणी, पोर्ट पुरुषोत्तम, मद्य मुरारि।
शांपिन शिव गौड़ी गिरिश ब्रांडी ब्रह्म बिचारि॥
मेरी तो धन बुद्धि बल, कुल लज्जा पति गेह।
माय बाप सुत धर्म सब, मदिरा ही न संदेह॥
सोक हरन अनन्द करन, उमगावन सब गात।
हरि मैं तपबिनु लय करनि, केवल मद्य लखात॥
सरकारहि मंजूर जो, मेरा होत उपाय।
तो सब सों बढ़ि मद्य पै, देती कर बैठाय॥
हमहीं कों या राज की, परम निसानी जान।
कीर्ति खंभ सी जग गड़ी, जब लौं थिर सित भान॥
राजमहल के चिन्ह नहिं, मिलिहैं जग इत कोय।
तबहू बोतल टूक बहु, मिलिहैं कीरति होय॥

हमारी प्रवृत्ति के हेतु कुछ यत्न करने की आवश्यकता नहीं। मनु पुकारते हैं 'प्रवृत्तिरेषा भूतानां' और भागवत में कहा है 'लोके व्यावायामिषमद्यसेवा नित्यास्ति जंतोः।' उस पर भी वर्तमान समय की सभ्यता का तो मैं मुख्य मूलसूत्र हूँ। विषयेन्द्रियों के सुखानुभव मेरे कारण द्विगुणित हो जाते हैं। संगीत-साहित्य की तो एकमात्र जननी हूँ। फिर ऐसा कौन है, जो मुझसे विमुख हो?

(गाती है)

(राग काफी, धनाश्री का मेल, ताल धमार)

मदवा पीले पागल जीवन बीत्यौ जात।
बिनु मद जगत् सार कछु नाहीं मान हमारी बात॥

पी प्याला छक-छक आनन्द से नितहि साँझ और प्रात।
झूमत चल डगमगी चाल से मारि लाज को लात॥
हाथी मच्छड़ सूरज जुगुनू जाके पिये लखात।
ऐसी सिद्धि छोड़ि मन मूरख काहे ठोकर खात॥

(राजा को देखकर) महाराज! कहिए क्या हुक्म है?

भारतदुर्दैव: हमने बहुत से अपने वीर हिंदुस्तान में भेजे हैं परन्तु मुझको तुमसे जितनी आशा है, उतनी और किसी से नहीं है। ज़रा तुम भी हिंदुस्तान की तरफ जाओ और हिंदुओं से समझो तो।

मदिरा: हिंदुओं के तो मैं मुद्दत से मुँह लगी हूँ, अब आपकी आज्ञा से और भी अपना जाल फैलाऊँगी और छोटे बड़े सबके गले का हार बन जाऊँगी।

[जाती है]

(रंगशाला के दीपों में से अनेक बुझा दिए जाते हैं)

(अंधकार का प्रवेश)

(आँधी आने की भाँति शब्द सुनाई पड़ता है)

अंधकार: (गाता हुआ स्खलित नृत्य करता है)

(राग काफी)

जै जै कलियुग राज की, जै महामोह महराज की।
अटल छत्र सिर फिरत थाप जग मानत जाके काज की॥
कलह अविद्या मोह मूढ़ता सबै नास के साज की॥

हमारा सृष्टि संहार कारक भगवान् तमोगुण जी से जन्मा है। चोर, उलूक और लंपटों के हम एकमात्र जीवन हैं। पर्वतों की गुहा, शोकितों के नेत्र, मूर्खों के मस्तिष्क और खलों के चित्त में हमारा निवास है। हृदय के और प्रत्यक्ष, चारों नेत्र हमारे। प्रताप से बेकाम हो जाते हैं। हमारे दो स्वरूप हैं, एक

आध्यात्मिक और एक आधिभौतिक, जो लोक में अज्ञान और अँधेरे के नाम से प्रसिद्ध हैं। सुनते हैं कि भारतवर्ष में भेजने को मुझे मेरे परम पूज्य मित्र दुर्दैव महाराज ने आज बुलाया है। चलें, देखें क्या कहते हैं। (आगे बढ़कर) महाराज की जय हो! कहिए, क्या अनुमति है?

भारतदुर्दैव: आओ मित्र! तुम्हारे बिना तो सब सूना था। यद्यपि मैंने अपने बहुत से लोग भारत-विजय को भेजे हैं पर तुम्हारे बिना सब निर्बल हैं। मुझको तुम्हारा बड़ा भरोसा है, अब तुमको भी वहाँ जाना होगा।

अंधकार: आपके काम के वास्ते भारत क्या वस्तु है, कहिए मैं विलायत जाऊँ।

भारतदुर्दैव: नहीं विलायत जाने का अभी समय नहीं, अभी वहाँ त्रेता और द्वापर हैं।

अंधकार: नहीं, मैंने एक बात कही। भला जब तक वहाँ दुष्टा विद्या का प्राबल्य है, मैं वहाँ जा ही के क्या करूँगा? गैस और मैगनीशिया से मेरी प्रतिष्ठा भंग न हो जायेगी।

भारतदुर्दैव: हाँ, तो तुम हिंदुस्तान में जाओ और जिसमें हमारा हित हो सो करो। बस 'बहुत बुझाइ तुमहिं का कहऊँ, परम चतुर मैं जानत अहऊँ।'

अंधकार: बहुत अच्छा, मैं चला। बस जाते ही देखिए क्या करता हूँ। (नेपथ्य में बैतालिक गान और गीत की समाप्ति में क्रम से पूर्ण अंधकार और पटाक्षेप)

निहचै भारत को अब नास।

जब महराज विमुख उनसों तुम निज मति करी प्रकास।।
अब कहुँ सरन तिन्हैं नहिं मिलि ह्वैहै सब बल चूर।
बुधि विद्या धन धान सबै अब तिनको मिलिहैं धूर।।

अब नहिं राम धर्म अर्जुन नहिं शाक्यसिंह अरु व्यास।
करिहैं कौन पराक्रम इनमें को दैहै अब आस॥
सेवाजी रनजीत सिंहहू अब नहिं बाकी जौन।
करिहैं कछू नाम भारत को अब तो हैं नृप मौन॥
वही उदैपुर जैपुर रीवाँ पन्ना आदिक राज।
परबस भए न सोच सकहिं कछु करि निज बल बेकाज॥
अँगरेजहु को राज पाइकै रहे कूढ़ के कूढ़।
स्वारथ पर विभिन्न-मति-भूले हिन्दू सब ह्वै मूढ़॥
जग के देस बढ़त बदि बदि के सब बाजी जेहि काल।
ताहू समय रात इनकी है ऐसे ये बेहाल॥
छोटे चित अति भीरु बुद्धि मन चंचल बिगत उछाह।
उदर-भरन-रत, ईसबिमुख सब भए प्रजा नरनाह॥
इनसों कछू आस नहिं ये तो सब विधि बुधि-बल-हीन।
बिना एकता-बुद्धि-कला के भए सबहि बिधि दीन॥
बोझ लादि कै पैर छानि कै निज सुख करहु प्रहार।
ये रासभ से कछु नहिं कहिहैं मानहु छमा अगार॥
हित अनहित पशु पक्षी जाना पै ये जानहिं नाहिं।
भूले रहत आपुने रंग मैं फँसे मूढ़ता माहिं॥
जे न सुनहिं हित, भलो करहिं नहिं तिनसों आसा कौन।
डंका दै निज सैन साजि अब करहु उतै सब गौन॥

(जवनिका गिरती है)

❑

पाँचवाँ अंक

स्थान–किताबख़ाना

(सात सभ्यों की एक छोटी-सी कमेटी; सभापति चक्करदार टोपी पहने, चश्मा लगाए, छड़ी लिए, छह सभ्यों में एक बंगाली, एक महाराष्ट्री, एक अखबार हाथ में लिए एडिटर, एक कवि और दो देशी महाशय)

सभापतिः (खड़े होकर) सभ्यगण! आज की कमेटी का मुख्य उद्देश्य यह है कि सुना है भारतदुर्दैव ने हम लोगों पर चढ़ाई की है। इस हेतु आप लोगों को उचित है कि मिलकर ऐसा उपाय सोचिए कि जिससे हम लोग इस भावी आपत्ति से बचें। जहाँ तक हो सके अपने देश की रक्षा करना ही हम लोगों का मुख्य धर्म है। आशा है कि आप सब लोग अपनी-अपनी अनुमति प्रगट करेंगे। (बैठ गए, करतलध्वनि)

बंगालीः (खड़े होकर) सभापति साहब जो बात बोला सो बहुत ठीक है। इसका पेशतर कि भारतदुर्दैव हम लोगों के शिर पर आ पड़े कोई उसके परिहार का उपाय सोचना अत्यंत आवश्यक है, किन्तु प्रश्न एई है जे हम लोग उसका दमन करने शाकता कि हमारा बोज्र्जोबल के बाहर का बात है। क्यों नहीं शाकता? अलबत्त शकेगा, परन्तु जो सब लोग एक मत्त होगा। (करतलध्वनि) देखो हमारा बंगाल में इसका अनेक उपाय शाधन होते हैं। ब्रिटिश इण्डियन असोसिएशन लीग इत्यादि

अनेक शभा भी होते हैं। कोई थोड़ा बी बात होता हम लोग मिल के बड़ा गोल करते। गवर्नमेन्ट तो केवल गोलमाल से भय खाता और कोई तरह नहीं शोनता। ओ हुँआ का अखबार वाला सब एक बार ऐसा शोर करता कि गवर्नमेण्ट को अलबत्ता शुनने होता। किन्तु हेंयाँ, हम देखते हैं कोई कुछ नहीं बोलता। आज शब आप सभ्य लोग एकत्र हैं, कुछ उपाय इसका अवश्य शोचना चाहिए। (उपवेशन)।

प. देशी: (धीरे से) यहीं, मगर जब तक कमेटी में हैं तभी तक। बाहर निकले कि फिर कुछ नहीं।

दू. देशी: (धीरे से) क्यों भाई साहब! इस कमेटी में आने से कमिश्नर हमारा नाम तो दरबार से खारिज न कर देंगे?

एडिटर: (खड़े होकर) हम अपने प्राणपण से भारतदुर्दैव को हटाने को तैयार हैं। हमने पहिले भी इस विषय में एक बार अपने पत्र में लिखा था, परन्तु यहाँ तो कोई सुनता ही नहीं। अब जब सिर पर आफत आई सो आप लोग उपाय सोचने लगे। भला अब भी कुछ नहीं बिगड़ा है, जो कुछ सोचना हो जल्द सोचिए। (उपवेशन)

कवि: (खड़े होकर) मुहम्मदशाह से भाँड़ों ने दुश्मन की फौज से बचने का एक बहुत उत्तम उपाय कहा था। उन्होंने बतलाया कि नादिरशाह के मुक़ाबले में फौज न भेजी जाय। जमुना किनारे कनात खड़ी कर दी जाय, कुछ लोग चूड़ी पहने कनात के पीछे खड़े रहें। जब फौज इस पार उतरने लगे, कनात के बाहर हाथ निकालकर उँगली चमकाकर कहें "मुए इधर न आइयो इधर जनाने हैं।" बस सब दुश्मन हट जायँगे। यही उपाय भारतदुर्दैव से बचने को क्यों न किया जाय?

बंगाली: (खड़े होकर) अलबत्त, यह भी एक उपाय है, किन्तु असभ्यगण आकर, जो स्त्री लोगों का विचार न करके सहसा कनात को आक्रमण करेगा तो? (उपवेशन)

एडिटर: (खड़े होकर) हमने एक दूसरा उपाय सोचा है, एजुकेशन की एक सेना बनाई जाय। कमेटी की फौज। अखबारों के शस्त्र और स्पीचों के गोले मारे जायँ। आप लोग क्या कहते हैं? (उपवेशन)

दू. देशी: मगर जो हाकिम लोग इससे नाराज़ हों तो? (उपवेशन)

बंगाली: हाकिम लोग काहे को नाराज़ होगा। हम लोग शदा चाहता कि अँगरेज़ों का राज्य उत्सन्न न हो, हम लोग केवल अपना बचाव करता। (उपवेशन)

महाराष्ट्री: परन्तु इसके पूर्व यह होना अवश्य है कि गुप्त रीति से यह बात जाननी कि हाकिम लोग भारतदुर्दैव की सैन्य से मिल तो नहीं जायँगे।

दू. देशी: इस बात पर बहस करना ठीक नहीं। नाहक कहीं लेने के देने न पड़ें अपना काम देखिए (उपवेशन और आप ही आप) हाँ, नहीं तो अभी कल ही झाड़बाजी होय।

महाराष्ट्री: तो सार्वजनिक सभा का स्थापन करना। कपड़ा बीनने की कल मँगाना। हिन्दुस्तानी कपड़ा पहनना। यह भी सब उपाय हैं।

दू. देशी: (धीरे से) बनात छोडकर गंजी पहिरेंगे, हें हें।

एडिटर: परन्तु अब समय थोड़ा है जल्दी उपाय सोचना चाहिए।

कवि: अच्छा तो एक उपाय यह सोचो कि सब हिंदू मात्र अपना फैशन छोड़कर कोट पतलून इत्यादि पहिरें, जिसमें जब दुर्दैव की फौज आवे तो हम लोगों को योरोपियन जानकर छोड़ दें।

प. देशी: पर रंग गोरा कहाँ से लाएँगे?

बंगाली: हमारा देश में भारत उद्धार नामक एक नाटक बना है। उसमें अँगरेज़ों को निकाल देने का जो उपाय लिखा, सोई हम लोग दुर्दैव का वास्ते काहे न अवलम्बन करें। ओ लिखता पाँच जन बंगाली मिल के अँगरेज़ों को निकाल देगा। उसमें एक तो

पिशान लेकर स्वेज का नहर पाट देगा। दूसरा बाँस काट-काट के पिवरी नामक जलयन्त्र विशेष बनाएगा। तीसरा उस जलयन्त्र से अँगरेज़ों की आँख में धूर और पानी डालेगा।

महाराष्ट्री: नहीं, नहीं, इस व्यर्थ की बात से क्या होना है। ऐसा उपाय करना, जिससे फल सिद्धि हो।

प. देशी: (आप ही आप) हाय! यह कोई नहीं कहता कि सब लोग मिलकर एक चित्त हो विद्या की उन्नति करो, कला सीखो जिससे वास्तविक कुछ उन्नति हो। क्रमशः सबकुछ हो जायेगा।

एडिटर: आप लोग नाहक इतना सोच करते हैं, हम ऐसे-ऐसे आर्टिकल लिखेंगे कि उसको देखते ही दुर्दैव भागेगा।

कवि: और हम ऐसी-ही-ऐसी कविता करेंगे।

प. देशी: पर उनको पढ़ने का और समझने का अभी संस्कार किसको है?

(नेपथ्य में से)

भागना मत, अभी मैं आती हूँ।

(सब डरके चौकन्ने-से होकर इधर-उधर देखते हैं)

दू. देशी: (बहुत डरकर) बाबा रे, जब हम कमेटी में चले थे तब पहिले ही छींक हुई थी। अब क्या करें। (टेबुल के नीचे छिपने का उद्योग करता है)

(डिसलायल्टी[1] का प्रवेश)

सभापति: (आगे से ले आकर बड़े शिष्टाचार से) आप क्यों यहाँ तशरीफ लाई हैं? कुछ हम लोग सरकार के विरुद्ध किसी प्रकार की सम्मति करने को नहीं एकत्र हुए हैं। हम लोग अपने देश की भलाई करने को एकत्र हुए हैं।

---

1. पुलिस की वर्दी पहने।

डिसलायल्टी: नहीं, नहीं, तुम सब सरकार के विरुद्ध एकत्र हुए हो हम तुमको पकड़ेंगे।

बंगाली: (आगे बढ़कर क्रोध से) काहे को पकड़ेगा, कानून कोई वस्तु नहीं है। सरकार के विरुद्ध कौन बात हम लोग बोला? व्यर्थ का विभीषिका!

डिसलायल्टी: हम क्या करें, गवर्नमेंट की पॉलिसी यही है। कविवचन सुधा नामक पत्र में गवर्नमेंट के विरुद्ध कौन बात थी? फिर क्यों उसे पकड़ने को हम भेजे गए? हम लाचार हैं।

दू. देशी: (टेबुल के नीचे से रोकर) हम नहीं हम नहीं, तमाशा देखने आए थे।

महाराष्ट्री: हाय हाय! यहाँ के लोग बड़े भीरु और कापुरुष हैं। इसमें भय की कौन बात है! कानूनी है।

सभापति: तो पकड़ने का आपको किस कानून से अधिकार है?

डिसलायल्टी: इंगलिश पॉलिसी नामक ऐक्ट के हाकिमेच्छा नामक दफा से।

महाराष्ट्री: परन्तु तुम?

दू. देशी: (रोकर) हाय हाय! भटवा तुम कहता है अब मरे।

महाराष्ट्री: पकड़ नहीं सकतीं, हमको भी दो हाथ, दो पैर हैं। चलो हम लोग तुम्हारे संग चलते हैं, सवाल-जवाब करेंगे।

बंगाली: हाँ चलो, ओ का बात—पकड़ने नहीं शेकता।

सभापति: (स्वगत) चेयरमैन होने से पहले हमीं को उत्तर देना पड़ेगा, इसी से किसी बात में हम अगुआ नहीं होते।

डिसलायल्टी: अच्छा चलो। (सब चलने की चेष्टा करते हैं)

(जवनिका गिरती है)

❑

छठा अंक

स्थान–गंभीर वन का मध्यभाग

(भारत एक वृक्ष के नीचे अचेत पड़ा है)

(भारतभाग्य का प्रवेश)

भारतभाग्यः (गाता हुआ–राग चैती गौरी)

जागो जागो रे भाई।
सोअत निसि बैस गँवाई। जागो जागो रे भाई।।
निसि की कौन कहै दिन बीत्यो काल राति चलि आई।
देखि परत नहिं हित अनहित कछु परे बैरि बस जाई।।
निज उद्धार पन्थ नहिं सूझत सीस धुनत पछिताई।
अबहूँ चेति, पकरि राखो किन जो कछु बची बड़ाई।।
फिर पछिताए कछु नहिं ह्वैहैं रहि जैहौ मुँह बाई।
जागो जागो रे भाई।।

(भारत को जगाता है और भारत जब नहीं जागता तब अनेक यत्न से फिर जगाता है, अंत में हारकर उदास होकर)

हाय! भारत को आज क्या हो गया है? क्या निस्सन्देह परमेश्वर इससे ऐसा ही रूठा है? हाय! क्या अब भारत के फिर वे दिन न आएँगे? हाय यह वही भारत है, जो किसी समय सारी पृथ्वी का शिरोमणि गिना जाता था!

भारत के भुजबल जग रक्षित।
भारतविद्या लहि जग सिच्छित॥
भारततेज जगत् विस्तारा।
भारतभय कम्पत संसारा॥
जाके तनिकहिं भौंह हिलाए।
थर थर कम्पत नृप डरपाए॥
जाके जय की उज्ज्वल गाथा।
गावत सब महि मंगल साथा॥
भारतकिरिन जगत् उँजियारा।
भारतजीव जिअत संसारा॥
भारतवेद कथा इतिहासा।
भारत वेदप्रथा परकासा॥
फिनिक मिसिर सीरिय युनाना।
भे पण्डित लहि भारत दाना॥
रह्यौ रुधिर जब आरज सीसा।
ज्वलित अनल समान अवनीसा॥
साहस बल इन सम कोउ नाहीं।
तबै रह्यौ महिमंडल माहीं॥
कहा करी तकसीर तिहारी।
रे बिधि रुष्ट याहि की बारी॥
सबै सुखी जग के नर नारी।
रे विधना भारत हि दुखारी॥
हाय रोम तू अति बड़भागी।
बर्बर तोहि नास्यो जय लागी॥
तोड़े कीरतिथंभ अनेकन।
ढाहे गढ़ बहु करि प्रण टेकन॥
मंदिर महलनि तोरि गिराए।
सबै चिन्ह तुव धूरि मिलाए॥
कछु न बची तुव भूमि निसानी।

सो बरु मेरे मन अति मानी॥
भारत भाग न जात निहारे।
थाप्यो पग ता सीस उघारे॥
तोर्यो दुर्गन महल ढहायो।
तिनहीं में निज गेह बनायो॥
ते कलंक सब भारत केरे।
ठाढ़े अजहुँ लखो घनेरे॥
काशी प्राग अयोध्या नगरी।
दीन रूप सम ठाढ़ी सगरी॥
चंडालहु जेहि निरखि घिनाई।
रही सबै भुव मुँह मसि लाई॥
हाय पंचनद हा पानीपत।
अजहुँ रहे तुम धरनि बिराजत॥
हाय चितौर निलज तू भारी।
अजहुँ खरो भारतहि मँझारी॥
जा दिन तुव अधिकार नसायो।
सो दिन क्यों नहिं धरनि समायो॥
रह्यो कलंक न भारत नामा।
क्यों रे तू बारानसि धामा॥
सब तजि कै भजि कै दुखभारो।
अजहुँ बसत करि मुव मुख कारो॥
अरे अग्रवन तीरथ राजा।
तुमहुँ बचे अबलौं तजि लाजा॥
पापिनि सरजू नाम धराई।
अजहूँ बहत अवधतट जाई॥
तुम में जल नहिं जमुना गंगा।
बढ़हु वेग करि तरल तरंगा॥
धोवहु यह कलंक की रासी।
बोरहु किन झट मथुरा कासी॥

कुस कन्नौज अंग अरु बंगहि।
बोरहु किन निज कठिन तरंगहि॥
बोरहु भारत भूमि सबेरे।
मिटै करक जिय की तब मेरे॥
अहो भयानक भ्राता सागर।
तुम तरंगनिधि अतिबल आगर॥
बोरे बहु गिरि बन अस्थाना।
पै बिसरे भारत हित जाना॥
बढ़हु न बेगि धाई क्यों भाई।
देहु भारत मुव तुरत डुबाई॥
घेरि छिपावहु विंध्य हिमालय।
करहु सफल जल भीतर तुम लय॥
धोवहु भारत अपजस पंका।
मेटहु भारतभूमि कलंका॥

हाय! यहीं के लोग किसी काल में जगन्मान्य थे।

जेहि छिन बलभारे हे सबै तेग धारे।
तब सब जग धाई फेरते हे दुहाई॥
जग सिर पग धारे धावते रोस भारे।
बिपुल अवनि जीती पालते राजनीती॥
जग इन बल काँपे देखिकै चण्ड दापै।
सोइ यह पिय मेरे ह्वै रहे आज चेरे॥
ये कृष्ण बरन जब मधुर तान।
करते अमृतोपम वेद गान॥
तब मोहन सब नर नारि वृन्द।
सुनि मधुर वरन सज्जित सुछंद॥
जग के सबही जन धारि स्वाद।
सुनते इनहीं को बीन नाद॥
इनके गुन होतो सबहि चैन।
इनहीं कुल नारद तानसैन॥

इनहीं के क्रोध किए प्रकास।
सब काँपत भूमंडल अकास॥
इनहीं के हुंकृति शब्द घोर।
गिरि काँपत हे सुनि चारु ओर॥
जब लेत रहे कर में कृपान।
इनहीं कहँ हो जग तृन समान॥
सुनि कै रनबाजन खेत माहिं।
इनहीं कहँ हो जिय सक नाहिं॥
याही भुव महँ होत है हीरक आम कपास।
इतही हिमगिरि गंगाजल काव्य गीत परकास॥
जाबाली जैमिनि गरग पातंजलि सुकदेव।
रहे भारतहि अंक में कबहि सबै भुवदेव॥
याही भारत मध्य में रहे कृष्ण मुनि व्यास।
जिनके भारतगान सों भारतवदन प्रकास॥
याही भारत में रहे कपिल सूत दुरवास।
याही भारत में भए शाक्य सिंह संन्यास।
याही भारत में भये मनु भृगु आदिक होय।
तब तिनसी जग में रह्यो घृना करत नहिं कोय॥
जासु काव्य सों जगत् मधि अब लौं ऊँचो सीस।
जासु राज बल धर्म की तृषा करहिं अवनीस॥
साई व्यास अरु राम के बंस सबै संतान।
ये मेरे भारत भरे सोइ गुन रूप समान॥
सोइ बंस रुधिर वही सोई मन बिस्वास।
वही वासना चित वही आसय वही विलास॥
कोटि-कोटि ऋषि पुन्य तन कोटि-कोटि अति सूर।
कोटि-कोटि बुध मधुर कवि मिले यहाँ की धूर॥
सोइ भारत की आज यह भई दुरदसा हाय।
कहा करे कित जायँ नहिं सूझत कछू उपाय॥

(भारत को फिर उठाने की अनेक चेष्टा करके उपाय निष्फल होने पर रोकर)

हा! भारतवर्ष को ऐसी मोहनिद्रा ने घेरा है कि अब इसके उठने की आशा नहीं। सच है, जो जान-बूझकर सोता है, उसे कौन जगा सकेगा? हा दैव! तेरे विचित्र चरित्र हैं, जो कल राज करता था वह आज जूते में टाँका उधार लगवाता है। कल जो हाथी पर सवार फिरते थे आज नंगे पाँव वन-वन की धूल उड़ाते-फिरते हैं। कल जिनके घर लड़के-लड़कियों के कोलाहल से कान नहीं दिया जाता था आज उसका नाम लेवा और पानी देवा कोई नहीं बचा और कल जो घर अन्न, धन, पूत लक्ष्मी हर तरह से भरे पूरे थे आज उन घरों में तूने दीया बालने वाला भी नहीं छोड़ा।

हा! जिस भारतवर्ष का सिर व्यास, वाल्मिकी, कालिदास, पाणिनि शाक्यसिंह, बाणभट्ट प्रभृति कवियों के नाममात्र से अब भी सारे संसार में ऊँचा है, उस भारत की यह दुर्दशा! जिस भारतवर्ष के राजा चन्द्रगुप्त और अशोक का शासन रूम और रूस तक माना जाता था, उस भारत की यह दुर्दशा! जिस भारत में राम, युधिष्ठिर, नल, हरिश्चन्द्र, रन्तिदेव, शिवि इत्यादि पवित्र चरित्र के लोग हुए हैं उसकी यह दशा! हाय, भारत भैया, उठो! देखो विद्या का सूर्य पश्चिम से उदय हुआ चला आता है। अब सोने का समय नहीं है। अँगरेज़ का राज्य पाकर भी न जागे तो कब जागोगे? मूर्खों के प्रचण्ड शासन के दिन गए, अब राजा ने प्रजा का स्वत्व पहिचाना। विद्या की चरचा फैल चली, सबको सबकुछ कहने और सुनने का अधिकार मिला, देश-विदेश से नई विद्या और कारीगरी आई। तुमको उस पर भी वही सीधी, बातें भाँग के गोले, ग्रामगीत, वही बाल्य-विवाह, भूत-प्रेत की पूजा, जन्मपत्री की विधि! वही थोड़े में संतोष गप हाँकने में प्रीति और सत्यानाशी चालें! हाय अब भी भारत की यह दुर्दशा! अरे, अब क्या चिता पर

सँभलेगा भारत भाई! उठो, देखो अब दु:ख नहीं सहा जाता, अरे कब तक बेसुध रहोगे? उठो, देखो, तुम्हारी सन्तानों का नाश हो गया। छिन्न-भिन्न होकर सब नरक की यातना भोगते हैं, उस पर भी नहीं चेतते। हाय! मुझसे तो अब यह दशा नहीं देखी जाती। प्यारे जागो। (जगाकर और नाड़ी देखकर) हाय इसे तो बड़ा ही ज्वर चढ़ा है! किसी तरह होश में नहीं आता। हा भारत! तेरी क्या दशा हो गई! हे करुणासागर भगवान! इधर भी दृष्टि कर। हे भगवती राजराजेश्वरी! इसका हाथ पकड़ो। (रोकर) अरे कोई नहीं, जो इस समय अवलम्ब दे? हा! अब मैं जी के क्या करूँगा! जब भारत जैसा मेरा मित्र इस दुर्दशा में पड़ा है और उसका उद्धार नहीं कर सकता, तो मेरे जीने पर धिक्कार है! जिस भारत का मेरे साथ अब तक इतना संबंध था उसकी ऐसी दशा देखकर भी मैं जीता रहूँ तो बड़ा कृतघ्न हूँ! (रोता है) हा विधाता! तुझे यही करना था! (आतंक से) छि: छि: इतना क्लैव्य क्यों? इस समय यह अधीरजपना बस! अब धैर्य! (कमर से कटार निकालकर) भाई भारत! मैं तुम्हारे ऋण से छूटता हूँ! मुझसे वीरों का कर्म नहीं हो सकता। इसी से कातर की भाँति प्राण देकर उऋण होता हूँ। (ऊपर हाथ उठाकर) हे सर्वांतर्यामी हे परमेश्वर! जन्म-जन्म मुझे भारत-सा भाई मिले। जन्म-जन्म गंगा-जमुना के किनारे मेरा निवास हो।

(भारत का मुँह चूमकर और गले लगाकर)

भैया, मिल लो, अब मैं विदा होता हूँ। भैया, हाथ क्यों नहीं उठाते? मैं ऐसा बुरा हो गया कि जन्म भर के वास्ते मैं विदा होता हूँ तब भी ललककर मुझसे नहीं मिलते। मैं ऐसा ही अभागा हूँ तो ऐसे अभागे जीवन ही से क्या, बस यह लो। (कटार का छाती में आघात और साथ ही, जवनिका पतन)

❑

शब्दार्थ तथा टिप्पणी

अत्तारन - अत्तार (औषधि बेचने वाला) का बहुवचन (परमपिता...प्रान-रोग फैलेगा, तभी वैद्यों तथा औषधि बेचने वालों की कमाई होगी। इसी लिए रोग कहता है कि मैं वैद्यों का परमपिता और औषधि बेचने वालों का प्राण हूँ।)

अपजस पंका - अपयश का कीचड़, कलंक का टीका।

अपनाए की - शरणागत की।

अबलौं - अब तक।

अविद्या राती - सभी अज्ञान में रत हैं।

आन - प्रताप, प्रभाव।

आरज सीसा - आर्यों के सिर (रह्यौ रुधिर जब आरज सीसा– आर्यों के सिर पर जब तक रुधिर यानी ओज था।)

उछाह - उत्साह।

उमरा - अमीर का बहुवचन (अमीर अपने हाथ से काम करने में अपनी तौहीन समझते हैं।)।

ओ का बात - उसके बाद।

करक - चुभन, पीड़ा।

काफर - ईश्वर को न मानने वाला, नास्तिक (मध्यकाल में मुसलमान इस्लाम को न मानने वाले को काफिर कहते थे।)

काल राति - मृत्यु की रात।

किए तीन तेरह सबै - तीन और तेरह में बाँटना (ब्राह्मणों में आपस में तीन और तेरह का भेद होता है। शुक्ल, तिवारी, मिश्र तीन में आते हैं तथा पांडेय, चौबे, दूबे, पाठक, उपाध्याय आदि तेरह में आते हैं। तीन वाले तेरह वालों को अपने से निम्न मानते हैं। पहले के समय में इनके बीच विवाह-संबंध नहीं होता था।)

कूढ़ - मूर्ख, जड़।

खेत - क्षेत्र, युद्ध का मैदान।

गरग - गर्ग (एक ऋषि)।

घनघोर - बहुत अधिक, अतिशय।

खारी - बर्बादी।

गोल - भीड़।

गोलमाल - भीड़भाड़, उपद्रव।

चंड दापै - प्रचंड तेज को।

चारु ओर - चारों ओर।

चेरे - दास, दीन-हीन।

चौका चौका छाय - अलग-अलग रसोई बनाना। पहले ब्राह्मणों में यह रिवाज़ बहुत ज्यादा था। एक का बनाया हुआ दूसरा नहीं खाता था। कान्यकुब्जों के बारे में यह कहावत प्रसिद्ध है-तीन कनौजिया तेरह चूल्हा।

छार खार – तहस–नहस।

छाऊँ – फैलाऊँ।

छीजत – नष्ट हो रहा है।

जयचंद – पृथ्वीराज चौहान का रिश्तेदार, जिसने पृथ्वीराज पर आक्रमण करने के लिए विदेशी आक्रमणकारी शहाबुद्दीन गोरी को आमंत्रित किया था। जयचंद गद्दारों और देशद्रोहियों का प्रतीक माना जाता है।

जवनसैन – यवन सैन्य, मुसलमानों की सेना।

जवनिका – यवनिका, पर्दा।

जोगनिद्रा – योगनिद्रा, ऐसी निद्रा जिसमें व्यक्ति मुर्दे जैसा पड़ा रहे।

टिकस – टैक्स।

टिक्कस – टैक्स।

टट्टी – आड़, ओट।

डिसलायल्टी – देशद्रोह।

तक़सीर – अपराध।

दुरवासा – दुर्वासा ऋषि।

नख्शेपा – पदचिह्न (आलसियों को लक्ष्य करके कहा गया है। आलसी कहता है–हमें चरण–चिह्न (ऐतिहासिक महत्त्व की वस्तु) मानकर जमीन पर पड़ा रहने दो। हमें हिलाना–डुलाना अच्छा नहीं लगता है।)

निहचौ – निश्चय।

नेआमत – नेमत, ईश्वर का उपहार।

पालते राजनीती – राज्य करते थे (विपुल अवनि जीती। पालते राजनीती–विशाल भूभाग जीतकर उस पर राज्य करते थे)

पेशतर – पहले।

फाका – भूखे रहना (फाकों से मरिए...कीजिए, हम भूखे मर जाएँगे; मगर कुछ काम नहीं करेंगे। काम करना हमारी शान के खिलाफ है।)

बल बीरज – बल वीर्य, पौरुष, शक्ति, तेज।

बापटैजिंग वाइन – बपतिस्मा (ईसाइयों का धार्मिक उत्सव) का पवित्र वाइन।

बिभिचार – व्यभिचार।

बैस – वयस्, उम्र (सोवत निसि बैस गँवाई, रात को सोते हुए उम्र गँवाई)।

बोर्ज्जोबल – बाजूबल, बाहुबल।

भट्ट के ठट्ट – पंडितों के झुंड-के-झुंड।

मदवा – मदिरा, शराब।

मरी – मृत्यु।

महामोह – महाअज्ञान।

मिस्ले लोथ – लाश की तरह।

मीरे फर्श – कालीन के कोनों को दबाने के लिए रखा जाने वाला भारी पत्थर; वह आदमी जो अपनी जगह से हिले–डुले नहीं।

मुहताज – मजबूर, बेबस।

रंज – कष्ट, दुख।

रनबाजन – रणवाद्य, रणभेरी, युद्ध के बाजे।

राजराजेश्वरी – ब्रिटेन की महारानी विक्टोरिया।

शराबेतहूरा – स्वर्ग में पी जाने वाली शराब।

सुरखाब का पर – दुर्लभ या अनोखी वस्तु।

सेवाजी – शिवाजी।

सोग – शोक।

हुंकृति – हुंकार, गर्जना।

होत – होने पर।

❑❑❑